Para Elvira y Antonio, por su amistad.

Emilio Urberuaga

Coco y la Luna

KóKINOS

Coco el cocodrilo estaba harto
de columpiarse por la noche.
Ahora lo que más le gustaba del mundo
era sonreír a la luna.

Tanto le gustaba a Coco la luna
que una noche la robó.

La tomó en brazos y se la llevó a
casa para disfrutarla él solo a solas,
todo el rato, todo el rato, todo el rato.

Y disfrutó muchísimo con ella.
Y le contó un montón de cosas.
Porque la luna, además de sonreír,
escucha siempre con mucha atención.

Pero luego a Coco le entró sueño
y deseó que la luna se apagara como
si fuera una bombilla.

Pero la luna, claro, no es ninguna
bombilla, y no se apaga así como así.

Porque la luna es muy trasnochadora
y no se va a dormir hasta que amanece.

Total, que Coco, deslumbrado por
la luz de la luna, no pudo pegar ojo
en toda la noche.

Al día siguiente, cuando iba a hacer la
compra, Coco se encontró con su amigo
el lobo, que estaba muy triste.

—¿Qué te pasa? —le preguntó Coco.

—Pues que un gracioso se ha llevado la
luna, y ya no puedo aullar, porque no tengo
a nadie que me escuche por la noche.

—Ah —se apenó Coco, pero no
se atrevió a confesarle que había
sido él...

Más tarde, cerca del mercado, se sorprendió mucho al ver la calle llena de astronautas. Al desaparecer la luna, se habían quedado sin trabajo.

—Si se enteran que he sido yo, me ponen en órbita —pensó Coco, mitad asustado mitad arrepentido.

Y cuando Paula, su mejor amiga, le dijo la mar de enfadada que quería vender el catalejo porque ya no podía ver la luna, Coco se sintió fatal...

Al regresar a casa, no se veía ni torta.
Claro, como no estaba la luna...
Coco tropezó y se cayó al río.

—Será mejor que devuelva la luna a su sitio
—pensó Coco, que llevaba un día horrible y
estaba arrepentido de su genial idea de robar
la luna—. Por mi culpa, el lobo está triste,
Paula enfadada, los astronautas en paro,
y yo empapado y muerto de sueño.

Pero... ¡la luna había crecido tanto que ya
no cabía por la puerta ni por la ventana!

Para sacar a la luna, Coco tuvo que abrir
el tejado de su casa.

Después, con mucho esfuerzo, consiguió
levantar a la luna, que estaba gorda como
si fuera a tener lunitas, le dio un beso
de despedida y la dejó libre.

Entonces la noche se iluminó como una fiesta.
El lobo, Paula, los astronautas y todo
el mundo pudo mirar de nuevo a la luna.
Y Coco volvió a sonreír.
Ah, y esa noche durmió a pierna suelta...

© Emilio Urberuaga, 2007
Publicado con el acuerdo de Bohem Press, Zurich
© De esta edición: Editorial Kokinos, 2008
Web: editorialkokinos.com
ISBN: 978-84-96629-43-3